海へ向かう道

うめだけんさく

詩集　海へ向かう道＊目次

Ⅰ

Ⅱ

詩集　海へ向かう道

I

海へ向かう道

あるいて　あるいて　あるきとおす
なんのために
こころのどこかにいつもはりついているぎもんふ

みちのはしっこに
つちぼこりをかむったちいさなはな
なにもしらぬものたちのうたがきこえる

だいておやりよ

あたまもなでておやりよ
なにもしらぬはなたち　なかまたち

くさむらのなかにあーちゃんもみえる
はなかげのえみをみて
あしをうごかす

もうすこしいけばうみなりがきけるぜ
あしがぼうになってもあきらめるな
たおれてでも　はってでもいけとこえがきこえる

なぜだ
こころにはりついているぎもんふ
うみにむかうのはそれをしるためじゃないのか

海の声

さんぽのかえり
てすりにもたれてきゅうそくする
めのまえにひろがるうみにぼくはすいこまれる
なぜかやすらぐひととき
まるでだきかかえられているかんかくがわいてきた
そのとき
ひとすじのかぜが
いたんだからだのわきをすりぬけていった
いきているのだよ

よろこべ
まだいきているとじぶんにいいきかせていた

かぜはつぎつぎとやってくる
ぼくはいのちをかんじた
それはあえかなのこりすくないいのち
いのちの　いのちのと
みずをくちにふくんでいいきかせる
のどをつうかしからだにおさまっていくのがわかる
ただそれだけ
うみはなにもいわない
だまってみているだけである
でもわかるのだ
おまえはいきているんだとおしえるように

希望の紙片

冷たい空気が
体の芯に居座っている
何をすればあたたまるのであろうか
年が改まったからといって
変わるものは何もない
無謀な想いはいつも起こるけど沈潜したままでいる

正月の箱根駅伝を見たとき
ぼくの肉体も刺激された

走って　走って　彼ら若者はタスキをつなぐ
ところが
ぼくには渡すべき相手がいないような
歴然とした事実を誤認したまま

崩れるものは崩れるに任せておけばよい
しかし諦めるのはまだ早い
手の内側に握りしめている希望の紙片がある限り
いつかは来るであろう最期
ぼくの心のどこかで
鐘の音を拒絶している

思案の橋

沈みかけた陽
紅く焼けた家並みの町を見て
鉛のごとき重たさに
歩を止め
思案の橋をまたぐ日暮れ時
かつては
冷たい風をかきわけて飛ぶ鳥となり
行方知れない者たちの名を呼び
探し回ったこともあった
だが羽根を折られた鳥の不自由を

身に沁みて知る今
かすれた目の裏によみがえる詩がある
冬鷗を詠んだ俳人の心だ*
思案の橋の上で
飛んでみようか
飛べ
だがどこへ行けばよいというのか
日暮れ時
やがて暗くなる
行く道もおぼつかない
鳥の目もて
カモメよ
自由なカモメ

* 冬鷗見てゐたる目を保つべし　加藤楸邨

窓

ぼくは雨の降る日
耐え難いほど心の内が湿ってきて
窓を閉めてじっとしていた
何かするべきことがあるはずなのに
何もできない

新聞を手にすると
窓を描いた絵がぼくをとらえた
「半開きの窓*」

その先に教会が見える
尖った屋根の上を葉を繁らせた樹木が蔽うようにかぶさっていた
鳥のさえずりや音楽が聴こえてきて
ぼくの心は揺さぶられてきた
やはり窓は閉めてはいけない
たとえ半開きであっても
窓の先には何かがある
何かが生まれてくる

窓を閉めてしまったら何も生まれてこない
ぼくは立ち上がって窓に向かい
手を差し出そうと
自分に言い聞かせていた

＊　長谷川潔の絵

おぼろな月

おぼろな月が
雲間にかくれて浮いていた
記憶の闇に
誰かが現われ俺を呼ぶ
泣いているのか
夜道を歩きながら
覗きこむ宙に
いろんな顔たちがかすみとなって
夜空に飛ばされていく秋

うさぎのはねる月が懐かしい
死んだ母にかわって
俺を育ててくれた祖母が教えてくれた
兎と一緒にはねているような気がする時があった
こどものころ飼っていた兎もいない
今やすべて幻の世界へ
かすみとなって消えていく

夜空を見上げて
お月さまいついつ出やるなどと
口ずさんでみても
月は顔を出さない
雲間にかくれていて

いのちのかぎりをおしえようとしているのか
ただいろんな顔たちがかすみのごとく
夜空に飛ばされていく

満月の夜

薄紅色の満月が
墨染の雲間隠れに姿を見せては
頬紅をさした女みたいに羞じらう
婀娜《あだ》な夜

遠くへ行ったはずの女《ひと》
月の世界で兎の仲間入りでもして
遊んでいるのか
泪の雫か月の下方に星が一つ光っていた

上弦の月

コンビニを出て信号待ちしているとき
青黒い空を見上げると
上弦の月がひとり冴えている
うつむくなと
春の夜空に皓々としている

こぶし

初冬の公園を通り抜けるとき
こぶしの木が寒そうにしている
枝の蕾はまだかたいようだった
いつになったら咲くのかと
口ごもり
暗い空を見上げると
上弦の月が
冴えた役者のように顎を突き出している

橋の上で

大岡川の
都橋で立ち止り
橋の上から覗き込む
川面に映る景色は
物言わぬまま弱者の歴史を映している
光はさえぎられ
ときに風が起こる
何処かで挑むような声がする
酒に酔った男たちの吐き出したものか

風の中で叫んでいる
壊されていく日々
まるで夏の夜空に咲く花火のように
つかみどころがない

薄暮の町が
夜に向かって賑わい始めるハモニカ横丁
橋から離れ
立ち去ろうとすると
誰かが口笛を吹いていて
オブラートにくるまれた風が
身体を包む
すると
柳の葉がしなだれ

狂った音符が
枝にこすれて
川面に落ちて
流れていく

手紙

破っては捨て破っては捨てる
きまらないことばたち
連れ戻そうと屑籠に手を突っ込んでも
いうことをきかない

数えきれない時間がバラバラになって
宙を彷徨っている
行方知れずのままのことばのかずかず
きまらないことばたち

かなりや*

ラジオから
かなりやが聴こえてきた
いつのまにか自分も口遊んでいる
後《うしろ》のお山に棄《す》てましょか
背戸の小藪に埋《い》けましょか
それはちょっと残酷と思う瞬間
いえ　いえ　それはなりませぬ
そのはざまに人は生きているのかも知れない
この作者もそうであったに違いない

ぼくらは
棄てる側にある悩みと
棄てられる側の悩みを等分にできるわけがない
でもぼくらは
唄を忘れたかなりやなのだ
その声をどこに置いてきてしまったのか
それはいつのことだったのか
心の中がもやもやしている

今年は「赤い鳥」に掲載されて百年といっていた
ぼくらは唄を忘れたかなりや同様
棄てられるのか
埋められてしまうのか

柳の鞭でぶたれるのか
どこかへ置いて来てしまった唄をとりもどせるのか
象牙の船はくるのか
そして月夜の海で唄を思い出せるのだろうか

＊　鈴木三重吉の『赤い鳥』に掲載した西條八十の作品。ところで坪田譲治編『赤い鳥傑作集』によれば「かなりあ」であるが、のちに成田為三が曲をつけたときには「かなりや」となっている。

ルパシカ

店の名はバラライカ
あーちゃんを迎えに行ったある日
銀座松屋の近くにある
ロシア料理の店に行った
ルパシカ姿の芸人が三人
バラライカを弾きながら出てきて
ロシア民謡を歌い
席を縫って客にサービス
ボルシチをすすりながらロシアの歌を聴く

何だか愉快な夕餉だった
ルパシカを着てみたくなる
ちょっと大きめのカップに
いちごジャムを入れ
紅茶を注いで飲むロシア風
バラライカとロシア民謡を楽しみながら
これもいいもんだね
あーちゃんもにんまりしている
ぼくは紅茶を口にして
ルパシカっていいね
でもあなたには無理ね
なぜ
だってあなたはコサックダンスは踊れないでしょ
たしかにあれは踊れないな

だから無理ね
紅茶カップの縁を指でなぞりながら
あーちゃんは
いたずらっぽく笑っていた

Ⅱ

少年の目に

　記憶の中に飢えたこころを抱えて何かを探し求めるような少年がいる　戦後六年ほど過ぎた一九五一年頃はまだ復興半ばで戦禍の傷跡がそここにみえる　新たな何かが建てられてはいてもそれは中途半端な未整理な風景に思えた　進学を諦めて就職した少年の目には　中途半端な景色はそのまま自分のこころを映し出しているかのようにさえ思えるのだった　今少年はともに軍国少年であった時代を過ごした従兄を訪ねるために田園風景の残る多摩川べりを歩いている　彼は名の知れた高校へ進ん

だという　俺とは違うと呟く少年はその従兄に無性に会いたくなったのだ　武蔵新城にある会社の独身寮を出て土手をひたすら歩いた　溝口方面を見ても中原方面を見ても遮るものはほとんどなく一面畑地であった　こっちは川崎　向こうは東京と呟き対岸の方角を見ながら数本の煙突の見える方角に向かっていた　町工場の立ち並ぶそこに俺の好きな従兄がいる　彼の声が聴きたい

敗戦の日から五年経ち鉄鋼会社に就職して武蔵新城の独身寮に入ったとき戦後になって久しぶりに会った従兄は町工場を手伝いながら学校に通っていた　一つ年上の彼は俺とはまるで違う　その時そう思った　御徒町国民学校から福島に集団疎開して敗戦からひと月ほどして上野に戻った時目にした廃墟の街を思い出していた　従兄

はどう思ったであろうか　何でこんなに長閑なのであろうかと少年は思った　二子橋を渡って向こう岸に行くとき川辺には釣り人が竿を振り上げ水面に打ち付ける姿があった　しかし少年はそれらに目もくれず気ぜわしく一つ年上の従兄のもとへと急いだ　一年前戦後初めて会ったとき『方丈記』を読めといった彼の気持ちを確かめたかった　戦争の最中二人で空中戦の絵を描いて遊んだ日が目に浮かぶ　二人とも軍国少年であったことが嘘のように爆音も聞こえず　静かな廃墟の平和がある　空襲から解放されてどこかの家の開け放たれた窓から「リンゴの唄」が聴こえてくる

池袋の彼の家で遊んだ戦前のあの嬉々とした彼ではなくなってその頃とは変わってしまった　もちろんいつま

でも子どものままでいるはずもないそれは分かっている　彼の母そして二人の姉も口をそろえてそれには理由があるのよという　学童疎開で妹を亡くしたことに責任を感じているようだという　一学年下の妹とともに信州へ学童集団疎開した　本土決戦もやむなしという戦況にあって一九四四年六月国策として敢行された　親元を離れ池袋から長野へ二人は疎開した　敗戦を目前にして宿泊地の旅館が火災を起こした　そのとき自分は助かったのに妹は火災にまきこまれて死んだという　その時燃え盛る焔の中に飛び込んで行こうとした従兄は周りの人にとめられた　妹を救い出すことができなかったことを悔いている様子だったと彼の姉たちがそっと話してくれた　あの子は以来妹のことを口にしなくなったのよ　しかも戦後この多摩川で日本軍の残した銃弾暴発で大けが

を負った従兄は戦争のもたらした不幸を二重に味わうことになった　従兄の心に悔恨と苦痛が二重に支配したのだろうか　彼は戦争をましてや疎開のことも口にしなくなった　少年は目の中に「朝《あした》に死に、夕《ゆうべ》に生《うま》るゝならひ、たゞ水の泡《あわ》にぞ似たりける。」に傍線が引いてあった『方丈記』を思い浮かべていた　その胸にしまい込まれたものの何かがそこにあるようにも思えてきたのである

ちょっとアンデルセン

僕はどういうわけかデンマークにいた　アンデルセン由
縁の地を旅をしていたようだ　貧しい家庭に生まれたと
いう生い立ち以外僕とは似ても似つかない
海に近いところにいるらしい　ふと人魚の姿を思い浮か
べたが「まさか」と思った　潮風に誘われて海に出ると
険しい崖がそそり立つ　この風景はどこかで見たことが
あるような気がした　でもこれはデンマークの風景とは
違う　交響詩「フィンランディア」で表現されているフ

ィヨルドを想像したのだ　でもなぁあれはシベリウスの曲を何度も聴いているうちに僕の頭に定着してしまったものだろう

しかしアンデルセンの何かが息を通わせている雰囲気のある街で僕は佇んでいた　道を行き交う人々は一様に笑みを浮かべ幸せそうに見える　僕は日本にはない温かさを体に感じていた　途中で気がついたが道の両脇のところどころに人声がするのが気になった　そこは人々の憩う庭園のようだと思った　少し先を行くと大きな木札を付けた入口があった　崖を削り取って作られた石段を上って行くと庭園に入って行けるようになっている

僕は夢の中で確かな目的をもってそこへ行っているはず

なのになぜか漠然とした思いしか残っていない　その漠然とした思いの中に妹の顔が浮かんだ　そうだ僕は妹を探していたのだ　昭和十九年僕が九歳で妹が六歳だった時配給の外食券を貰って御徒町駅近くの食堂に並んだことがあった　妹と手をつなぎ列の大人たちに混じって待っていると　目の前で今日はここまでだよ　また明日おいでと言われた　妹の目に涙の粒が溢れてきた　その顔が七十年以上も過ぎた今も瞼の底に貼りついている
その妹を僕はどこかへ置いて来てしまった　涙を浮かべている妹を早く探さなければと僕は焦っていた

ちょっとアンデルセン（2）

僕は夢の中で確かな目的をもってそこへ行っているはず
なのに何故か漠然とした記憶しか残っていない　そこが
デンマークらしいということ　その漠然とした思いの中
にただ妹の顔が浮かんでいた　僕はひたすら妹を探し歩
いていた　ふと気がつくと人声が耳に入ってきた　道の
脇に現われたのは庭園のようでもあった　少し行くと石
段が見えて来た　人の声はそこから聞こえてくる　なん
とその石段に妹が座って泣いていた　僕は安堵して妹の
隣に腰をおろし彼女の肩を抱き寄せた　彼女は幼い頃の
ままの姿で終始不安げな顔をしていた　何か異変が起こ

ればすぐにも泣き出しそうな様子であった　辺りを見廻してみると石段の先は入口になっていて庭園というよりは何やらアンデルセンワールドのような場所であるらしい　すると金髪の可愛らしい少年が目の前に立っていた。

じつは少し前まで僕は妹を置いてきた場所が何処であったのか分からなくなってしまっていた　いくつかの入口があるにはあったがみんな同じように見えて果たしてそこから行けば妹が見つけられるのか確信が持てなかった　金髪の少年を見て僕は心の休まる思いでいっぱいになった　妹はその少年に助けられたのだった　石段で泣きじゃくる妹の姿を目にした僕は一目散に石段をかけのぼった　そして妹を抱きとめた瞬間かなり昔そういう時があったことを思い出していた　まさかであるがこの地

の人たちに「みにくいアヒルの子」と囃されからかわれたのではと思った　しかし助けてくれた少年のことを考えるとそんなことは口にできない　「もう泣くな」と僕は妹の背をさすりながら慰めていた。

少年は妹の手を引いて話しかけていた「みにくいアヒルの子」　はちっともみにくくはないんだよ　ちょっと違うところがあるだけさ　少年は自分の髪をひっぱりあげ僕の髪ときみの髪の色が違うようにね　さあ僕の家へ行こう　お腹空いたろう　家に着くと少年は中に入るなり姉を呼んだ　この子に何か食べさせてあげて　少年の家の入口に何か書かれた表札のようなものがあった　僕がそれを聞くと少年は恥ずかしそうにはにかんだ口調で「即興詩人の家」　と書いてあるんだといった。

還らぬ日々
——戻れぬ逗子の海へ

Ⅰ

セーヌ川のほとりに建つノートルダム大聖堂が炎上して
いる　ぼくは少しずつ胸の痛みが広がっていくのを感じ
ながら思い出していた　あれは一九四八年　その頃秦野
に住んでいた　新制の中学生になったばかりのぼくが夏
休みに初めて一人で叔父の家を訪ねたことがあった　日
本画家の住まいらしく木造のしっとりとしたたたずまい
の家であった　その日叔父の息子であるTさんと海で遊
んだあと帰り際に貸してくれた本のことがよみがえって

きた　ノートルダム大聖堂の火災を見ているうちにぼく
を還らぬ日々の方へ連れて行ったのかもしれない　夕食
を済ませた後Tさんは姉と社交ダンスのステップを踏ん
でたわむれたりしていた　その何とも自由な雰囲気もう
らやましかったがそれ以上に彼の本棚をうらやましく思
って見ていた　そのぼくに「これ読んでみろよ」と手渡
してくれた本がヴィクトル・ユーゴーの『ノートルダム
のせむし男』であった

Ⅱ

逗子の叔父が横浜高島屋画廊で個展を開いた　大津絵な
どの小品もあったが石舞台を題材にした作品が中心のも
のだった　当時一九七〇年代初頭明日香村の高松塚古墳
壁画模写が前田青邨とその弟子たちによって行われてい

た　叔父はその一人であった　叔父より個展の案内をもらいぼくはあーちゃんと息子を連れて観に行った　息子はお宮参りを済ませたばかりで叔父はことのほか喜んでくれた　そしてお祝いにといって兜の絵を描いておくってくれた　あの日あーちゃんのことも気に入ってくれたようであった　あーちゃんは銀座松屋の美術部にいたことがあり訪れる画家と接することもあって話がはずんで気が合ったようであった

Ⅲ

そのあと夏によちよち歩きの息子を連れてあーちゃんと叔父の家を訪問した　絵のお礼を言うと叔父はよく来たねと息子の頭をなでて迎えてくれた　ぼくとあーちゃんとでTさんの息子さんを誘って海に行って遊んだ　まだ

幼いTさんの息子は人見知りもせず楽しく海で過ごしたのであったが　その年の暮れその叔父が還らぬ人となってしまった　叔父は逗子の久木に住んでいたがその日逗子駅から家のある久木を通り越して小坪のトンネル手前で自動車に轢かれて死んだのである　何故と思った　ほんとに事故死だったのか　自殺などと思いたくなかったが〈何故〉は胸の内に残っていた　あの壁画模写はむずかしいものがあるとは聞いてはいた　悩むこともなくできる仕事ではなかったはずである　ぼくがまだ小学生の頃叔父が秦野に来たことがあった　ぼくは写生散歩につきまとうように一緒に歩いたことがある　けんちゃんは絵が好きなのかい　そう声をかけてくれたことがあった　そんなことがただただ頭の中を駆け巡っていた

昭和通り

ときどきこどものころにかえりたくなる
みんなもそうだろう
にばしゃがとおるとうしろにとびのって
うえの
にっぽり
ばふんをおとしてはのんびりとゆく
かしどんやにむかうにばしゃはあまいにおいがする
ずたぶくろにあなをあけて
くろざとうやにっきをかすめとるたのしみがよみがえる

いまそのみちのかこが
かたりかけてくる
いまやにばしゃはいない
ばふんがおとされることもなくきれいなみちには
くるまがはしり
くちかけたいえもなく
ビルがたちならぶおかちまち
こどものすがたもなくこえもなく
ただそうおんだけがたえまなくきこえる

しかしみみのそこにのこるこえが
いまだにきこえる
ぼくのこころをゆらすのは

たしかにそこにじぶんがいたからだ
ともだちがいたからだ
あいつらおさななじみはいまどうしているのだろう
まちがほろぶように
きえちまったのか
かけずりまわり
ちゃんばらごっこにきょうじたやつらのかおが
うかんではきえるしょうわどおり

忘れもの

私は小走りに歩を早め焦り
どこかに置き忘れた物を探していた
そして黴臭い古本屋に飛び込んだ
番台の亭主の目が光る
胡散臭そうな視線を背に感じながら
詩集に手を伸ばした書棚が
撓んだ手を突き放した
その時の目が今背後にある
だからなのか

過去へ引きずり戻そうとする
揺り返しの悪癖に苛まれながら
ますます膨れ上がる喪失感
私はまだ探している

学生帽をオーバーコートのポケットにねじ込み
いっぱしの大人を気取ったつもりだった
にきびを潰した指先についた脂肪で
本を取って見る
文字が滲む
飢えた狼の心をもぎとるように
ことばを摑もうとあがく
脱線し
また脱線し

何時しか放射状に拡がる幻惑
元に戻れなくなってしまった自分に気づく

そして相変わらず走っている
走りながら
心の奥底を覗き込むようにして青春の残滓を掻き分けている
所詮元に戻れない
戻ったところでおいてきたものはないに決まっている

反逆する記憶

閉じ込められていた
記憶の中の景色が
不意に現われる
K市の朝鮮人部落といわれる一角
S町に下宿していた頃
ホルモン焼きの煙と臭いが
辺り一面に立ちこめている町だった

ある日

下宿の近くに
レインコートの男が立っていた
まるであの世から舞い戻ったような面相の
青白い顔が
帰宅を待ち受けていたのだ
僕を見るなり
やにで染まった歯をのぞかせ笑った
含み笑いの男は
T署の者だと名乗る

付けまわしていたのか
初対面なのに僕を知っている
以来連日レインコートは僕を待っていた
僕の父親の依頼で聞きたいことがあるという

彼は僕を料亭のような洒落た店に案内した
まぁ一献とさも親しげに徳利を突きだす
教えてもいないのに
奴は僕の仲間の名を出してくる

仕事を終え
鉄工所の油でまみれた着衣を脱ぎ
連帯も友情もロッカーに収め
K市の闇に紛れ込む
雑踏の中の孤独につけこんできたのか
奴は公安だと直感した
追い回すレインコートを突き飛ばし
親父の頼みは口実だろう
貴様と付き合う理由はない

帰れ
人込み中で大声を上げた時
辺りは一瞬凍りついて止まった

コンビナートの見える海

誘われるようにして来た
初夏の根岸の海
目の前にひろがるコンビナート
煙突から白い煙を吐き出している景色の中に
波に揺れる古いブイや錆びた鉄の造形
あれらは過ぎ去った日々の
おまえの欠片《かけら》
青春の証としての残骸
それは失われた生《せい》の記録ではあるけど

残されてある記憶でもあった

海に向かって話しかける
もう使い古した自分の体を差し出したい
俺のこころを連れて行ってくれ
愛しい人の処へ
過去の怒りや悩みも忘れさせる
大気中のオゾンを吸い込んで彼方に目を向け
声にならない声を投げていた
吹き溜まりの塵を連れて波が岸壁に当る音が聴こえる
それが答えなのか

海よ
コンビナートの広がる海よ

対岸の大黒埠頭
その先に子安、鶴見、川崎がある
潮騒に乗って
かつての仲間の声が届けられるような気がした
気付いてみれば俺だけ残して
TもSもHも先に逝ってしまった
若き日の吐息に混ざって
怒りの呻きが
潮騒となって
耳元に寄せてくる

Ⅲ

風に吹かれて

黄昏の町角に
昔の景色が見えるときがある
風に吹かれているぼくの目には見える
野毛の町はそういうところなのだ
過ぎ去った日々がポケットにしまってある

マッカーサー劇場で映画を見て
焼き鳥の煙と匂いと飲んだくれに紛れて
焼酎の梅割なんかでいい気分になり

酔っ払いの肩に触れながら
歩き回った

ガス灯の怪しげな明かりに
ゾッキ本のたたき売りが撥をたたいて呼び寄せる
赤い線のはいったエロ本に
吸い寄せられて思わず手にした
兄さん　今夜はこれで天国だ

どこかで聞こえるジャズの音声が
お前をブルースな気分にさせる
今夜はハイボールかマティーニか
猥雑なこの町で
なまあったかい風に吹かれて何かを探し求めていた

ある音にひかれて地下へ降りていくと
コーヒー一杯五百円はちょっと高いけど
カントリー&ウエスタンを唄う
テンガロンハットが新鮮に見えた
時間を忘れさせる店だった

マッカーサーがコーンパイプをくわえて
厚木飛行場に天から降りてきて
民主主義をもってきたというけど
ジャズにはちゃんとした先駆者がいる
奴はとんでもない天孫降臨さ

暗示

こんな時代だからって
気に喰わない道理がまかり通っていくのを横目に
自分の足元が宙に浮いて
糸の切れた凧のようにあてどもない空を彷徨うことになるのか
ぼくはどうしてよいのか分からない気分だった
ふとそのとき無意識と意識の切れ間に
ある詩人のうたうフレーズがきこえてきた

はりつめた細い一本の糸のほかに
なんにもわたしたちを支えるものがない*

はっとして現実にたちかえって
自分をよく見ればそんな具合だと自覚する
そしてさらによくよく見れば
どの町もシャッターを下ろしたままの店が増えて
道には力なく歩く老人が目につく
そんなすがれた町なかを右翼の街宣車が我が物顔で走るのを
ぼくはいまいましく眺めていた

だけどどこかに町の扉があって
扉を開けばもう一人の自分が待っているかもしれぬ
迷ったとしても
どこかにいるに違いない
だからたった一本の糸を手放すまい

＊ 金井直の詩「無実の歌Ⅰ」より

癪の種

癪の種は
なくならない
時の流れとともに
形を変えながらありつづける

かつて辺境の地から叫び続けた詩人がいた
「おれたちのなかの癪を　世界の癪を」*
「南の辺塞よ
しずくを垂れている癪の都から
今夜おれは帰ってきた」*

間違った戦争で愛するものの命を奪われ
被爆の痛苦を生きたものの声を遮り
戦後の廃墟をはいずり作り上げたこの国のありようが問われる
ヒロシマ・ナガサキも
第五福竜丸の悲劇も
地殻変動で揺れ動く小舟のような列島
あの黒い津波で失われたもののことさえ
活かすことのできない癪が
動けないおれの腹に湧き上がる

払拭できないままの不安をかかえ
七十数年の時を経てなお癪の種はついて回る
見せかけの平穏がいつまで続くか

神聖たるべき議事堂でさえおかしな道化が踊る国
崩れた原子炉のような
メルトダウンがいつかくるに違いない
地獄絵図がそこに見える

＊ 谷川雁詩集より

カジノの罠

甘い蜜を仕掛ける賭博場
欲望の胸を膨らませている蟻を待ち受ける
まきあげられた紙幣を塵のように積み重ね
そうして病を蔓延させる
分かっているくせに権勢を驕り
不毛な原理に目をつむる
ヨコハマの景色
誰もが愛する海を
誰もが変えることを望まない
カモメが金貨を咥えて飛ぶ姿なぞ見たくない

傾斜そして崩壊

傾き
壊れていく地層
脆弱な地盤のせいなのか
根元の思想を失い
ぐにゃぐにゃと崩れていく
嵐のあとの地滑りを予感させるようだ

海側へタンクが傾き
満タンの汚染水は漏れ出ていた
陸側から海側へと傾いたタンク

自然の摂理にならって洩れ
洩れて流れ
海へ
放射性物質が一平方メートル当たり
五十八万ベクレル検出された
気の遠くなる数値だ
あやかしのうまし国

終わりの見えない汚染の現実
闇の世界が待ち受ける
巨大な負の化身たちから
潰されそうな圧迫が
美しい山並みから吹き寄せてきては
行く手を阻む

方舟

いまおれたちは
荒れた海を渡っているような気分じゃないか
指導者のような顔つきの奴らが
きれいなことばをならべて
危ないことを進めているような気分だ
へんてこな巨大な箱
つまり方舟にとじこめられて
どこへ行きつくのかさえ分からない

われらのねがいの

なんと異なること
一つとしてつながらぬさまざまなおもい
花ひらく野に出ても
敵は敵*

誰が敵で誰が味方か見分けもつかない方舟
こんないかれた舟は壊してしまったらいい
どこかに爆弾はないかとさえ思う
そんな爆弾はあるか
あったら教えてほしいものだ
舵を握っている奴が辺りを舐めるように見廻している
そいつのまわりには似たような顔つきのとりまきが
指示待ち顔をしている

* 小野十三郎詩集『異郷』所収の「雲も水も」より

愚かな時代

夜が立ち上がる
汚れた風を巻き上げ
いぶりだされた煙の中に街が霞んでいる
更けていく表情を見せ
さかさまになった虹の橋を
もつれた男女が渡っていく

細い雨が刺し込む歩道に
不幸な戦いの地図が描きこまれていく

ルージュの毒きのこが増殖して
もはや人間の生息さえ危うい
そして星を失った巨大な街が笑う
あちこちで怒号が起こり
窓という窓を壊していく
ガソリンをまき散らしながら
過去の車が闇の中をすり抜けていく

嘘がつくる夜の街
脂ぎった顔を運河に映し
世紀末の冴えない闇が広がっていくようだ
喪失の時代の顔が
あちこちの道をうろついている
騙されたふりをするものの時代

探しもの

街のどこかで
ぼくは探しものをして歩いていた
すでに闘志を失った獣のごとく
人々は家路につく
陽は沈んでしまって
行く手の道は歪んで見える

遠く離れた異文化の匂いが
路地裏に漂っている

だが理解できない
理由は分かっている
ぶつかり合うベクトルに
人間のこころが弾き飛ばされているからだ

かの戦争に明け暮れる国に
シクラメンの彩りがまだ残されているならば
幾らか救いがある
探しているのは愛なのか
あるいは死の意味なのか

庭園のバラ

庭園は強い陽ざしをまともに受けている
そんなときでさえ
バラは咲き競っている
赤いのもあれば
黄色もある
耐えがたい暑さの中にあっても
バラの花の
ことに赤はどこまでも赤く咲き通している
額の汗に閉口しながら

ぼくはその強さには勝てないなと感じていた
何故か

歩きまわるうち
唐突にのしかかってくるもの
無心にバラを愛でることも奪われる危惧が
ぼくを襲う
今
国ごと転がしていく装置は
壊れた機械のように
めちゃくちゃに作動している
働き方だとか
カジノで稼ぐのがいいとか
何故そんなことのために生きなくてはならないのか

だからバラよ
君には勝てないと感じてしまうのだ
どこまでも赤く咲き通している
ときに狂ったように見えるのは
花をとりまく空気のせいなのだろうか
陽ざしの暑さなどものともしない
強さ

無言の威圧

終わりの見えない戦いの日々
行けども行けどもころころコロナ
時間がまるで宙に浮いて意味をなさない
そして形成されてあるものすべてが崩れていく

長い梅雨の合間に雨が上がり外に出た
マスクは付けず胸のポケットに入れて歩き出す
道の端に小さな白い花
その香りが感じられるような気がして

疲れたのでベンチに座り
人工的な水の流れを眺めていると
水の流れのある町といううたい文句の看板
風が何気なく何かを運んでくるような気がしてくる

目の前をマスク姿の人たちが行き交う
この時代の空気を揺さぶるように
圧倒的多数を誇示してくる
無言の威圧

ただ歩いているだけなのに威圧を生むいやな時代
奇異な強要を感じてしまうのは何故か
拒むように水を含む
水の流れに捨てられたマスクにさえ威圧を覚える

Ⅳ

月下美人

――長島三芳さんへのオマージュ

きみがいなくなったからなのか
あれほど好きだったのに
枯れてしまい
咲かない
窓をあけても
暗い夜
おまえに会えるたのしみもなくなった

病む詩人を
見舞う友人と
月下美人の話をして慰めあった
しかし毎日飲んでいた葡萄酒も
一滴も飲めなかった
友人は一人で葡萄酒を干して帰って行った
詩人はその日のことを「一日花」という作品にした

「サボテンの月下美人は一日花
もう少し先へ行きたいと思うのだが
私の必死に縋る海には
もう浮き袋はなかった。*」

夜になると咲く花

朝にはしぼんでしまう
艶やかなのに儚い
きみが元気だったころは
毎年会えたのに
もう会えない
窓をあけ
ベランダを見ると
残り香があるように思えた

＊ 長島三芳「一日花」より

大皿

いま　ぼくらは飢えている
いや実は飢えから遠ざけられているのかもしれない
ぼくらひとりひとりの目の前に
大皿に盛られてあるもの
あやかしかもしれない
これ見よがしのご馳走をみて
ほんとうはへきえきとしている

食べよ
食べてみよ
満杯に膨れ上がった胃袋が拒絶する

しかし満たされていない
かつて生きるためにあがいた
飢餓ゆえにあがいた
死と紙一重の飢餓
それがいまはない

大皿をみよ
何でもあるが何もない

いま白い大皿に盛られて
沈黙の底に落ちていく*

白い大皿とたとえてよんだ詩人の
心の叫びが聞こえてくる

＊　長島三芳詩集『走水』所収の「白い大皿」より

墓の前で

照りつける陽をうけて
墓前に立つと
母が
父が
昨年死んだばかりの妻が
僕を叱るように陽を強くあてるような気がした

花も
酒も

たちまち陽炎のようになる
母は五歳のとき死んだ
小さな手で霊柩車にすがりついていた
何もわからなかった記憶の証さえ
今はだらしなくとろけてしまいそうだ
父は八十三歳で息を引きとった
その日から二十六年
僕も来年でその齢になる
三好豊一郎の父は病床で
——おっかさん！　と叫んだという
〈八十年の歳月もつまりはそこへ帰着するのか〉*

僕は白鬚橋病院で死んだ父がどうだったのかと
心の内でたずねた

強い陽ざしと生ぬるい風の中
くすっという忍び笑いを耳にした
きっと妻が笑ったに違いない
あんたってほんとにばかね

＊　三好豊一郎の詩「残像」より

あやさんの後を追って

篠原あやさんが元気だったころ
三十年以上前になる
獣の会の旅行に誘って越後に旅したことがあった
長岡からバスに乗り出雲崎へ
その名も高い新潟三区の辺りにさしかかると
越山会の看板が目につき
「さすがは角栄…」と誰かが皮肉な笑いを漏らした

出雲崎につくと

良寛を訪ねて記念館に入った
大の男たちはこどもに還ってあやさんの後を追った
おふくろの味を求めて
あやさんの手料理を肴に呑む酒が楽しみだった
彼女にはそうさせる何かが漂っていた
その夜の旅館でも
料理を小皿に取り分けたり
男たちをこどものように世話する
そして武田節を口ずさみ踊りまで披露してくれた
旅に付き合ってくれたあーちゃんもあやさんのお手伝い
あんたもなにかやりなさい
あやさんにうながされて場違いな歌を顔を赤くして唄ったことも

阿賀野川を越え白鳥の渡ってくる瓢湖へ

その時もあやさんとあーちゃんは並んで歩き
後を追って本野多喜男、鈴木繁雄、入江元彦、平田清そしてぼく
五人の男たちののろい脚をおいてきぼりにする
なにしてるの早く歩きなさいよ
あの二人すげーな、と男たち
白鳥より雁がびっしりと湖を埋め尽くしていた
ヒッチコックを思い出すね、とあやさん
そこから豪農の館[*1]へ
巨大な富のためにどれだけの人が泣いたか
ため息をつきながらタクシーに乗ると
恨んで殺してやりたいと思っていた人もいたそうですよ
運転手の漏らした言葉にまたため息をついていた
　大壺の口元から　泪あふれ
大壺の底から　小作契約の悲しい声が[*2]

＊1　豪農の館、現在は北方文化博物館という
＊2　本野多喜男の詩「越後の大壺」（「獣」30号、一九八七・一二）より

亡き友へ

——田中誠一の死を悼む

立冬の訪れとともに
喪中はがきが灰色のような時間をつくる
そして長きにわたった過去が
時間の壁を破ってやってくる
無情な時の流れに抗うこともできず
友の死を悼む

出会いのとき

思えば君は二十一歳
僕は十九歳であった
暗澹たる不安定な心を互いの胸に秘め
煤煙の街川崎の一郭
あれは名取屋といったか
酒屋の立ち飲みで酒を酌み交わし
君の住む中島町の家で話し込んだ
澎湃として浮かび上がってくる青春の日々
灰色ではあったが
会話の途切れた合間に飛び出すロシア民謡
君も僕も努めて明るく振舞っていた
肩を組みあって
揺れ動く時間が昨日のことのようだ

血のメーデーや
レッドパージの嵐の後
警職法や砂川基地反対闘争[*1]でスクラムを組んで闘った
労働組合で文学サークルをつくりことばをペンに託したことも
壺井繁治、関根弘、中野重治などを招いて話を聞いたこともあった
君は砂川基地反対闘争で逮捕され麴町署に
その後の六〇年安保闘争では
僕も六・一〇ハガチー事件[*2]で逮捕警視庁留置場に勾留された
たとえ死すとも君と僕のきずなは不変だ
クリスチャンでありながらコミュニストであった君
誰が名付けたか「聖ペトロ」という奴もいた
君の純真を僕は好きであった
「種蒔く人」の小牧近江が立ち上げた
三田の中央労働学院文芸科へも共に通った

君は窪川鶴次郎自慢の「古事記」の話にしびれ
僕も西野辰吉や中島健蔵の話を傾聴していた
日本のうたごえ運動隆盛のころ
砂川に行った後新宿まで足をのばし
うたごえ喫茶でロシア民謡を覚えたことも

くやしいけど時間は取り戻せない
時は無情だ
しかし互いの心は永遠である
霊前で手を合わせ煙のさきをみながら
だからきっと
またいつか会う日が来るとつぶやいていた

＊1　「砂川事件」昭和三十二年（一九五七）
＊2　六〇年安保「ハガチー事件」昭和三十五年（一九六〇）

静かな死

——栗原治人の死を悼む

余りにも静かに逝ったあなた
死してふた月も過ぎているとは
教えてくれた詩人Iの口元もさみしそうであった
先達として仲間として
言い知れぬ力を及ぼしたあなたの死
静かに逝ったのですね

もうそろそろ桜も終わりに近い
思えばこの「伏流水通信」前号によせてくれた詩「窓」

それが遺稿ということになるのか
あなたが窓から見ていた桜の古木
蕾が開くのを夢見て
ベッドの上で
静かに目を閉ざしたのであろうか

近々鈴木清順の撮った映画「影なき声」を観に行く
鎌倉アカデミアで一緒だったという彼の映画を
あなたを偲びながら観ることになるだろう
その題名が
生を終えようとするあなたのそれのように
静かな死の際に遺そうとする
くりさんの声でもあるような気がする
あなたの影なき声

同時代を生きた男の死

――Ａ・Ｔとの別れ

男の死が告発してくる
良き日も悪しき日も時代がつくったものだと
あの戦争の前と後とが俺たちを苦しめた
だから下手であっても詩に託した
弔いには愛した女がいれば十分だろう
俺は遠くから見送る
不在の時間の中に葬られていく男

君は満足を生きたか

そんな問いは空しいかもしれない
疎開派としての傷を抱え
詩に託した言葉の数々が浮かび上がる
それらは汚れたノートにも
抗いながら生きた人生にも残されている
ただそれだけだ

誰かのためでなく自分のために
君がまるで吠える獣のごとく
同時代を生きたことを俺は知っている
悲しいかな
孤独な弔いの道には
姿の見えない仲間たちの影が
葬列の刻をつくって消えていくようだ

■初出一覧

I

海へ向かう道　「伏流水通信」73号（二〇二〇・六）
海の声　「伏流水通信」73号（二〇二〇・六）
希望の紙片　「伏流水通信」71号（二〇二〇・二）
思案の橋　「伏流水通信」71号（二〇二〇・二）
窓　「伏流水通信」69号（二〇一九・七）
おぼろな月　「伏流水通信」72号（二〇二〇・五）
満月の夜　「伏流水通信」59号（二〇一七・五）
上弦の月　「詩人会議」57号（二〇一九・七）
こぶし　「伏流水通信」68号（二〇一九・五）
橋の上で　「地下水」225号（二〇一七・一〇）
手紙　「伏流水通信」68号（二〇一九・五）
かなりや　「伏流水通信」64号（二〇一八・八）
ルパシカ　「伏流水通信」70号（二〇一九・一〇）

II

少年の目に　「伏流水通信」74号（二〇二〇・八）
ちょっとアンデルセン　「伏流水通信」62号（二〇一八・三）
ちょっとアンデルセン（2）　「伏流水通信」64号（二〇一八・八）
還らぬ日々　「伏流水通信」68号（二〇一九・五）
昭和通り　「伏流水通信」63号（二〇一八・六）

忘れもの　「伏流水通信」61号（二〇一七・一二）
反逆する記憶　「伏流水通信」59号（二〇一七・五）
コンビナートの見える海　「伏流水通信」72号（二〇二〇・五）

III

風に吹かれて　「地下水」211号（二〇一四・四）
暗示　「セントラー座」II号（二〇一四・九）
癪の種　「地下水」231号（二〇一九・五）
カジノの罠　「伏流水通信」72号（二〇二〇・五）
傾斜そして崩壊　「セントラー座」III号（二〇一五・九）
方舟　「セントラー座」VI号（二〇一八・九）
愚かな時代　「セントラー座」VII号（二〇一九・九）
探しもの　「セントラー座」VII号（二〇一九・九）
庭園のバラ　「セントラー座」VI号（二〇一八・九）
無言の威圧　「セントラー座」VIII号（二〇二〇・九）

IV

月下美人　「伏流水通信」63号（二〇一八・六）
大皿　「伏流水通信」65号（二〇一八・一二）
墓の前で　「セントラー座」V号（二〇一七・九）
あやさんの後を追って　「象通信」1号（二〇二〇・四）
亡き友へ　「伏流水通信」66号（二〇一九・四）
静かな死　「伏流水通信」67号（二〇一九・四）
同時代を生きた男の死　「伏流水通信」74号（二〇二〇・八）

あとがき

今回、自分としては第八詩集となる『海へ向かう道』を刊行することにしたが、気持ちの上では何とはなしに心苦しさを伴っている心境である。それは、世に問うというよりは自分の中にわだかまっている諸々を吐き出しているような感がぬぐいきれないからである。怒りや悲しみを書かずにはいられない土壌があるにしても、どこかに自省を促す気持ちも潜んでいる。

前回の詩集『埋葬の空へ』は亡き妻への追悼の意が作らせたものである。その意味で意図は明確である。やや大げさな言い方になるとは思うが、それはかなり無茶なと思われる生を共にたたかってきた者への餞のつもりであった。そして生前何一つまともなプレゼントもせずに過ごしてしまった自戒の念があったからでもあった。

それでは今回はどうか、ということになると先に書いたようにいささか心もとない。自分の書いたものが、自己満足に終わらせることなく他者と共有できるものになってくれればそれに越したことはない。これもまた心もとないが、いきものとしての自己をいかに表現するかに腐心してきたことへの答えは今後にかかっていると思うしかない。

　このところ、同時代を生きた友を次々と失い、おいていかれたようなわびしさと同時に自分が生きてあることの申しわけなさがつきまとい渦巻いていた。ふと思い出したのであるが数年前に読んだ谷川俊太郎の『悼む詩』（正津勉・編）のことが念頭に浮かんだ。それを読んだ時自分の中につきまとっていたものがにわかに晴れたような気がしたことがあった。三十四篇の追悼詩が収められているが、冒頭に「そのあと」という詩がおいてある。〈そのあとがある／大切なひとをうしなったあと／もうあとはないと思ったあと／すべてが終わったと知ったあとにも／終わらないそのあとがある〉とある。

　この詩集に何篇かの追悼詩を入れたのは、生きた証としての部分もあるが残されたもののわびしさをわびしさのまま終わらせずに残りをどう生きるかに繫げていければと思ったからである。

　さて今回も高木社長、またデザインを引き受けくれた高島鯉水子さんには大変お世話になった。心より感謝いたします。

二〇二〇年十月

うめだけんさく

著者略歴

うめだけんさく（梅田憲作）

一九三五年　東京に生まれる

詩集『二人集』一九七〇年
『幼女と蟹』一九八六年
『冬蠅』一九八六年
『毀れた椅子』一九九三年
『球体』二〇〇七年
『言葉の海』二〇一四年
『埋葬の空へ』二〇一九年

所属　日本詩人クラブ、横浜詩人会、横浜詩誌交流会、横浜ペンクラブ 各会員
「いのちの籠」会員、個人詩誌「伏流水通信」発行

現住所　〒二三五―〇〇一六　神奈川県横浜市磯子区磯子二―一六―四

詩集　海《うみ》へ向《む》かう道《みち》

発行　二〇二〇年十二月五日

著者　うめだけんさく
装丁　高島鯉水子
発行者　高木祐子
発行所　土曜美術社出版販売
〒162-0813　東京都新宿区東五軒町三—一〇
電話　〇三—五二二九—〇七三〇
FAX　〇三—五二二九—〇七三二
振替　〇〇一六〇—九—七五六九〇九
印刷・製本　モリモト印刷
ISBN978-4-8120-2610-6　C0092